Joyeux Noël, Clifford!

Gail Herman
Illustrations de Mark Marderosian

Texte français d'Isabelle Allard

D'après les livres de la collection
« Clifford, le gros chien rouge » de Norman Bridwell

Éditions
■SCHOLASTIC

Copyright © Scholastic Entertainment Inc., 2004.
Copyright © Éditions Scholastic, 2012, pour le texte français.
Tous droits réservés.
ISBN 978-1-4431-2005-0
Titre original : *Christmas Wishes*

D'après les livres de la collection CLIFFORD, LE GROS CHIEN ROUGE publiés par les Éditions Scholastic. MC et © Norman Bridwell.
SCHOLASTIC et les logos connexes sont des marques de commerce ou des marques déposées de Scholastic Inc.
CLIFFORD, CLIFFORD LE GROS CHIEN ROUGE et les logos connexes sont des marques de commerce ou des marques déposées de Norman Bridwell.

Édition publiée par les Éditions Scholastic, 604, rue King Ouest, Toronto (Ontario) M5V 1E1.
6 5 4 3 2   Imprimé au Canada   119   14 15 16 17 18

MIXTE
Papier issu de
sources responsables
FSC® C103113

—Youpi! s'exclame Émilie. C'est la veille de Noël. J'adore faire des biscuits!

—Youpi! s'exclame Clifford. C'est la veille
de Noël. J'adore manger des biscuits!

— Nous sommes venus vous chanter des cantiques de Noël, dit Émilie.

— S'il te plaît, pas de hurlements Clifford!
dit M. Ronchon avec un sourire aux lèvres.

— Le sapin de Noël est vraiment beau ici, sur l'île de Birdwell! dit Émilie.

Clifford met la grande étoile au sommet.

Mimi et Max arrivent.

— Aidez-nous à décorer l'arbre!
lance Émilie.

— Pas cette année, répond Mimi d'un
ton triste.

— Qu'est-ce qui se passe, Max? demande
Clifford.

Max ne répond pas.

— Si on allait chiper une collation dans la cuisine de l'inspecteur Lewis? propose Nonosse.

Max secoue la tête.

—Veux-tu ajouter des décorations au sapin? demande Cléo.

— Ou chanter des airs de Noël? propose
Clifford.

Il hurle quelques notes de *Vive le vent*.

Max baisse la tête d'un air triste.

— Et si on faisait une fête de Noël juste pour les chiens? dit Clifford. On se donnerait des os et on ferait des vœux!

— Je ne veux pas faire de vœu! s'écrie Max. Je ne veux pas partager mes os! Je n'aime pas Noël! Pas du tout!

Puis il part d'un air fâché.

Clifford, Nonosse et Cléo le suivent jusqu'à sa maison.

— Oh Max! souffle Mimi. Je suis désolée de te quitter pour Noël...

Mais tu ne peux pas venir chez ma cousine. Tu la fais éternuer. J'aimerais tant rester ici avec toi!

Clifford soupire.

Pas étonnant que Max soit si triste!

—Viens, Clifford, dit Cléo. Allons organiser notre fête!

— Apportons tous nos os de Noël à Max, propose Clifford. Ça lui remontera le moral.

— Bonne idée! dit Cléo. Mais faisons d'abord nos vœux.

Les chiens ferment les yeux.

Ils font chacun un vœu.

Les trois amis vont chez Max. Clifford tire le chariot dans lequel se trouvent ses amis et les os.

— Il neige! s'écrie Nonosse.

— Un Noël blanc! dit Cléo. Mon vœu s'est

réalisé!

— Joyeux Noël, Max! dit Clifford. Tous ces os sont pour toi. Veux-tu faire la fête avec nous?

— On va partager, dit Max,
toujours triste.

Nonosse saisit un os.

— Mon vœu s'est réalisé!
dit-il.

Mimi sort de la maison en courant.

— Max! Max! crie-t-elle.

— Il va y avoir une grosse tempête!
Personne ne peut quitter l'île. Je vais rester
avec toi! Mon vœu s'est réalisé!

— Et toi, est-ce que ton vœu s'est réalisé? demande Cléo à Clifford.

Clifford regarde autour de lui. Tout le monde est réuni. Tout le monde est heureux.

— Oui! dit-il. Joyeux Noël!

Te souviens-tu?

Encercle la bonne réponse.

1. Qui met l'étoile au sommet du sapin?
   a. Charlie
   b. Clifford
   c. L'inspecteur Lewis

2. Quel était le vœu de Nonosse?
   a. Un Noël blanc
   b. Que Mimi reste avec Max
   c. Un os

Qu'arrive-t-il en premier?

Qu'arrive-t-il ensuite?

Qu'arrive-t-il à la fin?

Écris 1, 2 ou 3 dans l'espace qui suit chaque phrase :

M. Ronchon dit à Clifford de ne pas hurler. _____

Il commence à neiger. _____

Émilie fait des biscuits._____

Réponses :